베스트 한국 전래 동화  13

도깨비와 개암

글 신현배 ㅣ 그림 정기성

옛날 어느 산골 마을에
형과 동생이 살았어요.
형은 심술궂고 욕심이 많았어요.
자기 잇속*만 차릴 줄 알았지,
남에게 베풀 줄을 몰랐어요.
하지만 동생은 달랐어요.
착하고 부지런하며
늙은 부모님을 정성껏 모셨어요.

*잇속 : 이익이 되는 실속.

하루는 동생이 산에 나무를 하러 갔어요.
동생은 땀을 뚝뚝 흘리며 나무를 베어
지게 위에 툭툭 얹었어요.
"어휴, 힘들다. 잠시 쉬었다 할까?"
나무 그늘에 앉아 쉬던 동생은
바닥에 널려 있는 개암*을 보게 되었어요.
"와! 알이 굵고 좋은걸. 부모님께 갖다 드려야지."
동생은 정신 없이 개암을 주워 담았어요.

*개암 : 개암나무(산이나 들에 절로 자라는 자작나뭇과의 낙엽 지는 나무)의 열매.

어느 새 날이 어둑어둑해졌어요.
"이제 슬슬 집으로 가 볼까?"
동생은 지게를 짊어지고 일어났어요.
"우르릉 쿵쾅!"
갑자기 천둥 소리가 울리더니
장대비*가 쏟아지기 시작했어요.
동생은 비를 피할 곳을 찾다가
낡은 초가집을 발견했어요.
"저 집에서 비를 좀 피해야겠군."

*장대비 : 빗발이 굵게 쏟아지는 비.

9

초가집은 무너질 것처럼 낡고 허름해서*
사람이 살고 있는 것 같지 않았어요.
그래도 동생은 집 안을 향해 크게 소리쳤어요.
"계세요? 저는 아랫마을에 사는
나무꾼입니다. 비가 그칠 때까지
잠시 쉬었다 갈게요."
그러고는 방 안으로 들어갔어요.

*허름하다 : 좀 모자라거나 헌 듯함.

동생은 더듬더듬 방에 들어가
한 구석에 주저앉았어요.
"아함! 왜 이렇게 졸리지?"
하품이 연거푸 쏟아지고
눈이 저절로 감겨 왔어요.
동생은 짚*을 이불 삼아 덮고 잠을 청했어요.

*짚 : 벼·밀·보리·조 따위의 이삭을 떨어 낸 줄기.

깜빡 잠이 들 무렵에
밖에서 왁자지껄하는* 소리가 들렸어요.
동생은 깜짝 놀라 눈을 번쩍 떴어요.
'주, 주인이 돌아왔구나!
혹시 여기가 도둑의 소굴이 아닐까?'
동생은 겁에 질려 다락방에 숨었어요.

*왁자지껄하다 : 몹시 어수선하게 떠들고 지껄이다.

동생은 다락방 문을 살짝 열고
밖을 내다보았어요.
'아니, 저것은⋯⋯.'
동생은 가슴이 덜컥 내려앉았어요.
방으로 들어온 것은 바로 도깨비들이었어요.
도깨비들은 방 안을 빙빙 돌며
춤을 추며 노래를 불렀어요.
"으쓱으쓱! 우리는 용감한 도깨비 형제⋯⋯."

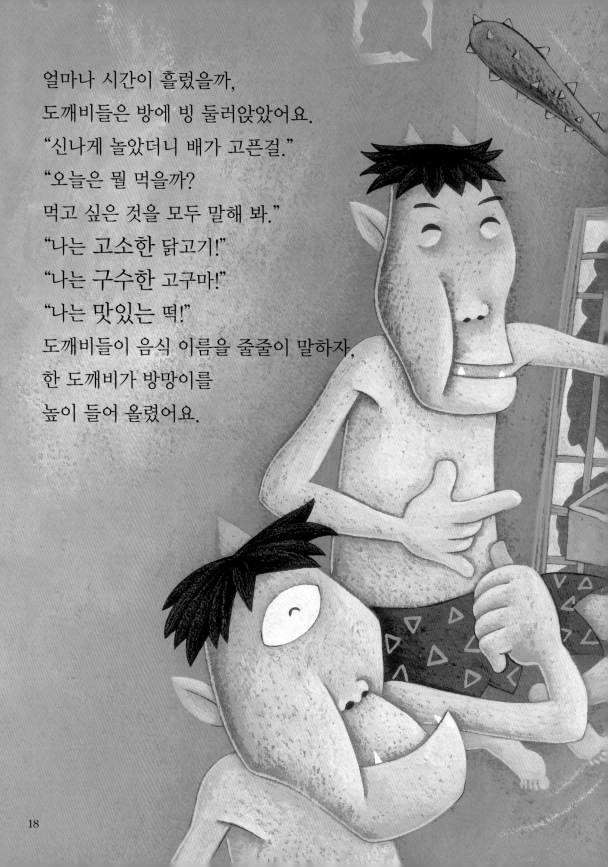

얼마나 시간이 흘렀을까,
도깨비들은 방에 빙 둘러앉았어요.
"신나게 놀았더니 배가 고픈걸."
"오늘은 뭘 먹을까?
먹고 싶은 것을 모두 말해 봐."
"나는 고소한 닭고기!"
"나는 구수한 고구마!"
"나는 맛있는 떡!"
도깨비들이 음식 이름을 줄줄이 말하자,
한 도깨비가 방망이를
높이 들어 올렸어요.

"닭고기 나와라, 뚝딱!"
"고구마 나와라, 뚝딱!"
"떡 나와라, 뚝딱!"
도깨비가 방망이를 휘두르자
음식들이 튀어나왔어요.
"맛있겠다! 얼른 먹어 볼까?"
도깨비들은 웃고 떠들며
음식을 냠냠 맛있게 먹었어요.

'쩝! 닭다리를 참 맛있게도 뜯어 먹네.'
동생은 가득 차려진 푸짐한 음식을 보자
배에서 꼬르륵 소리가 났어요.
'이런! 배가 고파서 도저히 못 참겠네.
개암이라도 꺼내 먹어야지.'
동생은 호주머니에서 개암을 꺼내
입에 넣고 깨물었어요.
"딱!"

개암 깨무는 소리가 나자,
도깨비들은 서로 얼굴을 쳐다보았어요.
"이게 무슨 소리냐?"
"글쎄, 잘 모르겠는데?"
동생은 개암 한 개를 더 꺼내
입에 넣고 깨물었어요.
"딱!"
"집이 무너진다! 어서 달아나!"
깜짝 놀란 도깨비들은
앞다투어 허둥지둥 도망쳤어요.

'도깨비들이 모두 다 사라진 모양이군.'
동생은 다락방에서 내려왔어요.
그런데 방바닥에 도깨비들이 놓고 간
도깨비방망이가 있지 뭐예요.
동생은 도깨비방망이를 주워 들고
집으로 돌아왔어요.
동생은 도깨비방망이 덕에 큰 부자가 되어
부모님을 편안히 모시고 살 수 있었지요.

형은 동생이 큰 부자가 되자
배가 살살 아팠어요.
'겨우 개암 두 알로
도깨비방망이를 얻었단 말이지?'
형은 동생보다 더
떵떵거리며* 살고 싶었어요.
그래서 개암을 주워 주머니에 넣고
숲 속 초가집을 찾아갔어요.

*떵떵거리다 : (큰 재산이나 세력으로) 근심 없이 큰소리를 치며 삶.

형이 다락방에 숨어 있는 동안
정말로 도깨비들이 나타났어요.
'이 때다!'
형은 개암 한 알을 입에 넣고 '딱!' 깨물었어요.
그러자 도깨비들이 다락방에 있던 형을 찾아 냈어요.
"이놈! 우리 방망이를 또 훔치러 왔지?"
도깨비들은 형을 밤새도록 두들겼어요.
욕심쟁이 형은 동틀* 무렵에야 간신히
집으로 돌아올 수 있었답니다.

*동트다 : 동쪽 하늘이 밝아 오다.

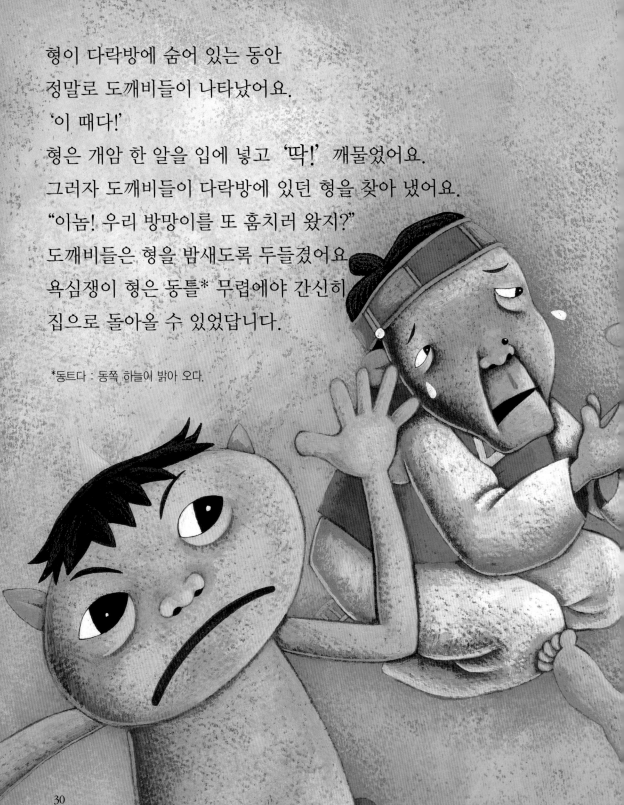

도깨비와 개암

내가 만드는 이야기

아이들이 들려 주는 이야기를 들어 본 적이 있나요?

그 이야기 속에는 아이들의 무한한 상상력과 창의력이 담겨 있음을 발견하게 될 것입니다.

번호대로 그림을 보면서 앞에서 읽었던 내용을 생각하고,

아이들만의 상상력과 창의력이 표현된 이야기를 만들어 보게 해 주세요.

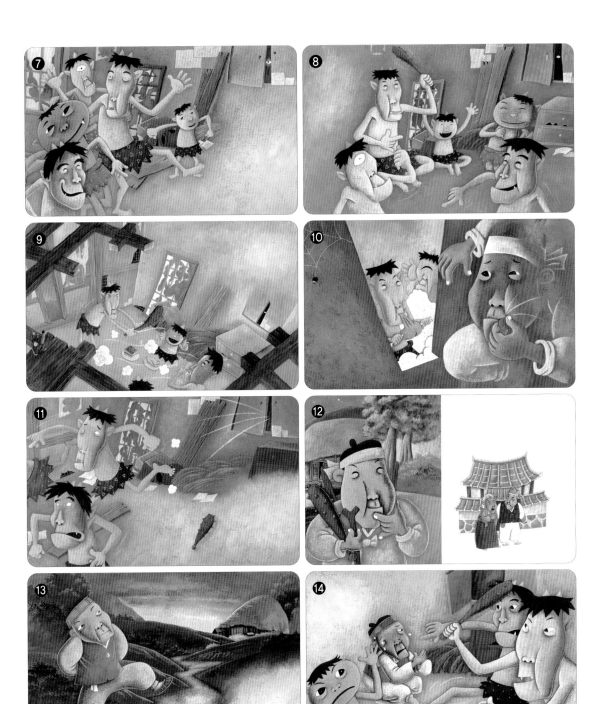

도깨비와 개암

옛날 옛적 도깨비와 개암 이야기

옛날, 어느 산골 마을에 욕심쟁이 형과 착한 동생이 살았습니다. 동생은 부모님을 모시고 열심히 일하며 살아가고 있었죠.

어느 날, 동생은 산에 나무를 하러 갔다가 부모님이 좋아하는 개암을 발견하고는 열매를 가득 줍습니다. 산을 내려오던 중 갑자기 내린 비를 피해 동생은 도깨비들의 초가집에 머뭅니다. 동생이 개암을 깨무는 소리에 놀란 도깨비들은 도깨비방망이를 놓고 도망가지요. 그 바람에 동생은 도깨비방망이를 얻고 큰 부자가 됩니다.

이 소문을 들은 욕심쟁이 형이 동생을 흉내내다 결국 도깨비들에게 방망이를 훔친 도둑으로 몰려 혼쭐이 난다는 줄거리입니다.

〈도깨비와 개암〉은 주인공 동생처럼 착하고 부지런한 사람은 도깨비방망이와 같은 행복을 얻을 수 있다고 말하고 있습니다.

하지만 어느 날 갑자기 도깨비방망이와 같은 행운이 생기는 것이 아니라, 늘 성실하게 자신의 능력을 갈고 닦아야 좋은 결과를 얻을 수 있으며 그것이야말로 정말 값진 것임을 깨달아야 합니다. 즉, 이 이야기는 우리 아이들에게 착하고 부지런하게 살아야 한다는 교훈을 전해 주고 있지요.

▲ 개암나무의 열매인 개암이 여물고 있는 모습.